后浪

夜 行

小米的诗

小米 著

北京联合出版公司
Beijing United Publishing Co.,Ltd.

目　录

【人间路】

活下去

为了可能还在某个角落喘息的老娘

为了还未出生的一儿二女

在这里躲下去

火车已倾覆

天空被弹幕凌虐出一道道烙痕

深坑里应该安全

炸弹再次落下的几率

低于在自杀式奔跑中丧生

为了还在家中做馍的新娘

为了她秀气的小脚

趾骨变形得让人心疼

而她的心却从未改变

离家千里

我仍是个幸福的新郎

村子也许整个不在了，她

应该找得到地方休息

然而预感降临

好似三岁时跑向冰冷的河水

十三岁时爬上果树顶的朽枝

三十岁时

父亲突然捧着胸口跌倒

死

在靠近

明目张胆

跑！一头栽进弹雨的空隙

踩着尸骨淌着血河狂奔

众神保佑　恶灵护体

刽子手们　我会在死前握住刺刀

让它穿起你们肮脏的肚肠

在地狱之火里炙烤果腹

我会记住你们的番号

审判时那就是铁鞭

抽打在你们背脊上的数目

我会记住你们的脸

死死记住

此刻我还没有死去

我会毫不犹豫地用双手

把你们的面孔抠挖成最丑陋的骷髅

虽然它们过去只用来

种地 翻书 拨弄算盘

轰

身后的弹坑已被炸平

而我像听不到发令枪响的运动员

一直跑

一直活下去

* 姥爷去世前我们有过一次难得的长谈,他讲了因火车
道被鬼子炸坏而耽搁在野外的故事。几年以后,我做
了一个情景相似的梦。

南美洲

三十年前的清晨

从街上回来

手挽着手

满头大汗的我们会说起南美洲

报纸上那么多陌生的名字

枪炮声中只有一个动听如玫瑰

南美洲

二十年前的深夜

相拥在录像厅

宝蓝色的烟雾后

唇齿分离的片刻你提起南美洲

生活剥夺了那么多熟悉的名字

只留下一个永不到来的蜜月

南美洲

我们终于看到了南美洲

原来瀑布并非像走马灯般短命

凯厄图尔奔腾向悬崖的巨蹄

溅起的飞虹值得献出童贞等候

乌尤尼盐沼是破碎的神镜

抚慰人类和水鸟永不自知的丑陋

伊瓜苏不是破瓜的酥糖

水雾间吞吐着魔鬼的咽喉

马丘比丘破败而规整

沉默如谜却辉煌如钟

没有人把它当作无名的山丘

就像不知寒冷的澎湃河水

突然被冻成巨大的舌头

后来南美洲又带来一些名字

一些毁灭守旧大脑的图腾

我们笨拙地写字

妄图在现实和幻想中守恒

可四不像的作品像是自嘲

这里不是南美洲

没有加西亚·马尔克斯

没有略萨和科塔萨尔

没有奥内蒂、博尔赫斯

没有聂鲁达和情诗

这里有管用一百年的城墙

大人和孩子面貌模糊

造船厂生产着废铁

出版社雇佣一大群瞎子

爱人纷纷死于情欲之手

不飞越悬崖、瀑布和峡谷

就无法了解那些气势磅礴的爱情

那不是虚构而是过度写实

如同遗落在相纸上的南美洲

有朝一日我脊背厚如安第斯山脉

你黑发潮湿如潘塔纳尔

翻滚过巴塔哥尼亚冰锥之野

在加拉帕戈斯退化为粗糙的动物

不说话 只奔跑

不思考 只生活

如今每到夜深

孩子沉沉睡去

我们偶尔会说起南美洲

说起永远在计划中的旅行

说起丢失在魔幻天空中的爱情

说起书中透露上帝秘密的照片

放弃孤独 各自安眠

南美洲

南美洲……

书页上的南美洲

梦中一直向南漂流的美丽之舟……

自 白

为什么要写诗

为什么要死

你一问　我便理屈词穷

可你写诗

你死

不费吹灰之力

这不是一次谋杀

因为你不停地说是的

你必死　因为死亡

对于女人来说是最大的

胜过男人的

政治

你说："亲爱的，我正死去"

我没法开口阻止

因为被你坐在臀下

不能开口

不能变形

更不能回答问题

地球上不该存在一部

像我这样的过山车

思考着诗与死亡

载着世上漂泊的女人

在同一根钢轨上

磨耗着胶皮

* 谨以此诗献给永远三十岁的女诗人 Sweetii。

梦之外

1

确定无疑你是个无法触摸的存在
没有人了解你的心思
和来不及公告的地址
在不洁净的海水中呛得死去活来

一个人漂浮海面像一面彩绘的布
许多针刺去穿来
没有一束线叫爱
大叫着疼在斑斑锈迹里痴傻起舞

迷恋每一次子宫深处的冰冷痉挛
他用一只写字的手深入
用一只遗世太久的头颅
去暗处探寻歇斯底里的迟到温暖

给每一捧血肉骨加个难看的形状

关节被借来对抗快感

和下坠的球体分享蓝

分享蓝色天际低垂的嘶哑的平躺

总有一天漂浮会触到无防备的岸

相接或是粉身碎骨

一开口就放声大哭

你想不想有这么一个锚地谈一谈

谈谈他那包容不了你双腿的年纪

谈谈他幻想中的少女

秋天浮上来透气的鱼

你们坐在爽滑的背上喘息着向西

2

真的很累

能不能肩并肩坐着

胸口紧贴胸口抱着

寻个安慰

在这充满欺瞒、欺诈、欺骗和欺压的

小小世界里

唯一能够确定的事情

唯一能够相信的事情

就是时光机高悬天际

任意门深埋地底

你坐着它回到现在

穿过它待在家里

哪都不必再去

不必去任何一个危机四伏的地址

任何一个传说中

裂口巨大的远方

每天清洗长发和身体

解一些不再售票的谜

你静静伏在梦外

梦护着你的身体

一亿颗弃世之心

没有一本传记不因为怜悯而躲闪恶行

没有一次生命不因为尝试高尚而错过悲鸣

没有一段音乐不因为遵从秩序而虚伪环行

没有一根手指被承认可以，并且真的能够

穿过喉咙　麻药　蜜穴

在弦上撕裂　掠夺　激愤　OX　安宁

跟你走吧

跟你睡吧

跟你一起抱着吉他

死于呕吐物争宠的喧哗

跟你说说黑色

说说升腾的喷射

不　你从不想成为神

看看汉堡店前少女的眼睛

你一离去

镇子就打开几百扇门

伍德斯托克托斯德伍

一百万分钟躁动的音符

一亿颗弃世之心

你走吧

这世界不希望所有庸人

闭上恶臭的嘴巴

*给歌手亨德里克斯 (Jimi Hendrix, 1942–1970)

悲伤的加速度

飞行
做一次悲伤的飞行
一次低拂到花朵和草海的
悲伤的飞行

这世上没有人
没有一个能够长大的人
没有一支与众不同的花儿
这世界上没有花朵

尘埃里有花
有爆破声低回
戴上耳机扭曲脖颈
把自己埋进装满火药的纸盒

远行
只有火车的速度能够让血肉远行

倒挂在沉落的天幕上

低得拂到了花朵

＊给画家石田彻也（1973－2005）

离　线

原来手机

真的能决定生死

初九那天起

你就不在服务区

悲伤会有那么一点

你脱下罩袍

洗净双手

到了退休的年纪

悲伤静静累积

你离开人世

你抱来人世的孩子

离开你

＊给妇产科医生高阿姨（？　—2010）

停　搏

瓷的表面光洁平滑

像你突然停止跳动的心脏

*给经营陶瓷用具的田叔叔（? −2010）

小　贾

有一个人叫小贾

他从混沌里活出了清醒

又从清醒活进了混沌

他曾经花帕包头　长发拂面

为了想象中的高潮

在夕阳下撒开车把

他默不作声地保全愤怒

抹平刀刻的皱纹

松弛邪性的嘴巴

活着　意义不明

可砸碎一个后备厢

声响能有多大

＊给演员贾宏声（1967-2010）

凹　凸

人生总有凹凸

活久即成平和

画面自有凹凸

墨色再浓

漫不出纸张

老死纸上

"笔墨等于零"

＊给画家吴冠中（1919–2010）

塞林格

休息足够久了
是时候和西摩·格拉斯商量一下
再做点什么

不用怀疑了
你们这些"密谋策划要给我幸福的人"

*给塞林格 (Jerome David Salinger, 1919–2010)

一个人

一个人的时候

心神不定

拜托长了绿毛的左手

射出欲望的刺

扎在想象中

布满了方块的位置

零和一和零和一和零

一个人的时候

没有办法

弹起心爱的冬不拉

丝弦下捆着瓢一把

盛着心一颗

拖着人一个

拨拉拨拨拨拉拉拉

一个人的时候

野孩子又活了

一个个来

又一个个去

一个一个去

南方旱了又涝

涝了又旱

心爱的铁桥

修不起来廖

瞧上一瞧

修不起来廖

*1995 年 2 月，张佺、小索组建野孩子乐队。2004 年
10 月，小索患癌症去世。2010 年 4 月 23 日，原野孩
子乐队成员张佺在青岛举办"四季如歌"民谣音乐会，
一个人弹唱。

种　花

生在多雾的城市
就别向往清亮的眼睛
能看清跪伏之人
深藏地狱之名

一次客体纷乱的长谈
一把失忆前拟下的标题
一场无目的地的旅行
一起上路
让你想起生之因由
讲一组关于孤独的故事
甩脱孤独

看过剥除生命的法术
再也不相信永垂不朽
聆听一台无声的演唱会
一场千万人随波逐流的

表演，只有你

只有你一个人死去

我把你的身体焚烧抛洒

剩下的事情

你自己做主

低到尘埃不一定吻到蔷薇

你一直想去的地方有座高塔

名唤浮屠

顶上可以自在地种些莲花

过几天简单日子

钧衬衣的男人

风太大了
钩子留不住衬衣
从十三楼的窗口看下去
男人想不起哪一件
是属于他的东西

至少它带着体味
带着被少年毛发扎伤的
一蓬蓬孔孔洞洞
记忆泄了底　一溃千里
不是因为酒
霸道是只喝不酿的玩意儿
只种不收的东西
只言片语

它招摇在草海上
漂浮在诱因的空气井里

只有擎一根鱼竿

十倍于手

几十倍于生之欲

深探进大厦敏感的气海

男人取回了衬衣

有些失望

这不是她洗过的

也不是她剪碎的那件

他本不该用钩子

风太大了

焦　躁

打开灰烟纵横的屏幕

慌张粉饰过的文字亮亮堂堂

镜头面对退潮的大海

拍下搁浅水鸟沾满油渍的尸体

想说两句旧时的情话

只得到一个号码：

"去看精神科大夫！"

夜的公交颠簸满一个小时

只为去见她一面

坐在低低的床沿

说回家路远

她紧攥着我冰凉的手

说今天挺暖和

你晚些走

遮挡盲眼的墨镜戴了二十年

只要她在

即使被困如焦躁的小兽

也不远游

*写于去姥姥家的路上。彼时九十高龄的老人家仍在世。

姐　姐

我没有亲生姐姐
可很想要一个

想要她告诉我一切
记忆里没有的自己
妈妈肚子里的顽皮
还有出生的时候
是不是双眼紧闭

想在伤心的时候
趴在她怀里大哭
她不会在乎湿掉的衣裳
也不会在乎一个男孩子
嗅到她的发香

想在她出嫁的时候
亲手捧着纱衣

看她幸福的模样

感觉甜蜜和嫉妒

祝福她和她的他地久天长

想歪头看着

她光滑的脊梁

一下下帮她搓背

洗去人世的疲劳

没有一丝欲望

还想牵着

她温暖的手

一直走回

记忆中的老屋

不会迷路

唉呀妈妈

这些都是梦一场

看　花

一朵巨大的红花

一只风干的牛头

一空浮冰样的云彩

穿过画布——看着她的眼睛

逼视到没有距离

世界便再无阻隔

纯洁美丽的色彩

曲线奇异而柔和

许多惊呼的声音

女人身体的线条

最隐秘部位的绽放

性的暗喻和汁液飞溅的想象

太多人

太多声响

一片杂花碎骨

淹没生存的微光

我们拼命揪住一截尾巴

跟着驱赶者们流浪

忘记了惊人的真相

不在远方

"没有人懂得欣赏花，我是说真的——

他们没有时间，没有欣赏她们的时间，

没有与朋友一起细细欣赏的时间。"

她这样说着，冷笑着离开

* 致画家乔治亚·奥基芙（Georgia O'keeffe，1887–

1986）

退向生活最后的山谷

二十四岁

这个强悍的厌世者

谦逊的暴君

提着利斧

把本属于我的麦田

收割一空

他跳下水

你也敢收？

上面的

你——

也

敢

收

？

* 给诗人戈麦（1967-1991）

730

那一年生活不再赐下恩惠

少女一丛丛被兔子洞吞噬

茶不再有香气

桐花未开即败

诗嚼不出一丝大麻的味道

雨不听劝阻地下个不停

一切智慧的手指都出卖给

键盘和陌生的身体

一切纹路

在正午的阴影下蔓生

相对已经年

快成为败絮般庄重的尸体

节从架上掉落

埋葬于二楼上巢居已久的米粮

砸醒一个卷曲如耳蜗般的念头

一面墙，四面墙

默不作声的书墙

吞吐着世上所有的嘲讽与阴湿

如伟岸的影俯瞰小巷中的荒原

搬梦为砖

砌进北方的胡谣

南方的雨水

西方手持令牌的雕像

更东面远海孤岛上

清冽的草汁和甘美的花蕊

喧哗无尽

人们需要休息

繁华无尽

书页只黄至边际

繁花将尽

果实擦去泪的幻象

滴入每个熟悉或陌生的

火热而金黄的唇间

果子已熟落

而秋日仍铺展无休

花还在生长

会再长

* 写于繁花 · 我们图书馆创立两周年。繁花 · 我们图书
馆位于青岛江苏路五十九号甲的一座小楼二层，有书
有酒有朋友，创立者与工作人员都深爱这里并以之为
荣。诗中嵌入了许多"繁花党人"的名字。

【衣锦夜行】

圆明园

若我踏上这碎石

便侵犯了一具尸体

一具曾经壮美的残躯

若我站上那柱础

也没办法离天更近

触不到百年未愈的血痕

若我发出笑声

它冲撞着四壁

带回每段空墙诅咒般的叹息

诅咒默念了百年

还要低回千年万年

能分辨的只有两个名字

怀璧者心胆俱裂

抢夺者指爪断折

一切流散都携着附骨的报应

重修一千一万间

屋子　也无法遮掩

三百具焦枯灵魂的呻吟

收回被斩断的头颅

被肢解的画面　景色

荣光　也不能恢复分毫

圆而入神

明而普照

光芒如神迹升起

而今只余下白色

一地惨白的碎石

一地忧愁而愤怒的骨粉

在石缝里我采到一朵

浓黑色的小花

印刻着故去的美景和火的记忆

哈尔滨

我只去过一次哈尔滨

收音机上说

你们幸运地遇上了暖冬

我看到半融的冰雕

独臂姑娘和没角的山羊

泼上一桶桶水

才能滑下的冰道

河面巨大的裂纹

像季节刻下的疤痕

哈尔滨哈尔滨

无雪的哈尔滨

墙角堆着的黑泥

曾经是棱骨分明的花草

哈尔滨哈尔滨

夜幕下的哈尔滨

只有呼出的白气

强撑着东北的童话

冬天一个比一个短

一个比一个暖

我那唯一的哈尔滨舅舅

也已经长埋冰下

如果河流不再结冻

我就去不了哈尔滨

如果没有了舅舅

我就失去了哈尔滨

如果哈尔滨消失在冬天

春天也不会再来

哈尔滨哈尔滨

只用两刃冰刀

就能立在你的鬓角

只要一瓢清水

就能滑向最寒冷

也最美丽的地方

那里是你的心脏

是整个东北最后的床

大　连

故乡是什么

死在天边时惦记的埋骨场

面对一样的大海

一样的天气和楼房

我无法专心

无法确定到了哪里

或者哪个我到了这里

我无法专心

无法专心

炮台和铁锚都在

只比十六年前

多了一层锈迹

旅顺沙土渐硬

踩上去已听不到尖厉的声响

穿过幽深的林间暗路

住进白沙筑成的屋

太阳像朵血橙

黏附在棒槌边缘

双脚陷入细碎的砂石

我无法专心

从致命的熟悉中逃离

冰冷的显示屏说

恭喜你躲开了肮脏

水鸟已裹上油棺

安息于冰冷的水底

这消息让我在故乡的深秋

仍旧无法专心做戏

灵　隐

我喜欢雨天

不过阳光也好

最好有雨天的阳光

第一次在灵隐

雨淋湿了绿竹

不敢仰起头

寻找竹梢

怕阳光刺瞎了眼睛

每一滴雨都是

裹着世界的太阳

它们不能破碎

它们落到地上是海

落在身上

是一个个愿望的疤痕

第二次去灵隐

痂已熟落

却没有雨水降下

一滴也没有

阳光把枯竹的叶子

冻成透镜

找一个光滑的位置

烤下另一句话

人流如潮

没有破鞋破扇破帽

没有洞

没有被看穿的叶子

没有下雨

没有雨的阳光很好

可我还是怀念

雨天阳光下的疼痛

丽　江

我走过一千一百家小店
寻找那只与众不同的腕镯
古城里居然没有一只孔雀
拥有封冻于透明时间的羽毛

我穿过一千一百条村巷
才找到一亩油菜花田
翠羽浓眉雪肌脂艳
占据了风景的制高点

我骑马经过一千一百棵巨木
林之底埋着江之源
没有净土，一片也没有
除非我从未践踏这片土地

我在船尾摇过一千一百顷水面
万年前的水草墨绿如潮

艄公在船头大笑
成年后他就将一去不返

我出入于一千一百家客栈
没有狼，没有鲜花
有流水和床
我梦到了孔雀

广 州

给我一桶冰水
我把整个王朝换给你

我住进了宫殿
四面深挖着河道

只等一场暴雨
就能乘着破碎的温度计逃离

苏　州

这扇窗可以是一道粉墙

这堵墙可以有一弯月门

这门该面对着假山

假山安放在不存在的湖心

恰到好处

苏州的名字是一种甜点

酥而不腻

骨肉舒泰

如间谍般伏在园子里

窃取景色中的匠气

这匠气离开苏州

就散发令人生厌的味道

这园子离开苏州

就变成供人淫想的瓦砾

这门窗离开园子

腐烂在古意不存的大地

坐过七十七站公车
在城市中心的泥水中狂奔
小书店已经打烊
透过窗子看到火炉
炉旁堆着一叠叠评弹
空弦上穿行着幽幽身影

大峡谷

套上盔甲

扎上绑带

仍旧惊慌如鸟

大峡谷穿越地底

冲走食物、石头和土

冲走一切冲动的想法

冲走声音

即使撞上墙壁

尖叫也毫无意义

时光不因顺流或逆流

放缓一步

看这些线条粗大的石头

急流迟缓地磨去它们的名字

而深处的静水则用一千年

为它们缀一片甲

用一万年的盔包裹

地底一层一层的羽浪

和尖细的呼喊

这呼喊使石头有了纹路

沿着潮湿有风的秘密

流向深处

石　头

做九丈崖上的一块石头

被海风吹化了

跃下千丈石崖

叠成高高的石塔

任太阳

在缝隙跌下

被海潮弄痒了

便滚落沙滩

笑得发哑

海水舔去棱角

成了石中的珍珠

随波招摇

终于被她捡起

又去崖顶

尝尝泪的味道

＊十九岁时见北长山岛九丈崖有感而作

蒙 山

看见氧气

捉来温一片绿

一口口呷下

从山底醉步至山巅

五小时

只是一朵云

消失在山尖与心尖的距离

趵突泉

虽然多年未曾重游
提起它爷爷仍眉飞色舞
"趵突泉，泉趵突
咕嘟咕嘟直咕嘟"
于是梦中池水如沸
沸水如轮
及至近前
努力分辨
只见几圈突起
如沉睡的巨鱼
静默地呼吸

传说在漫长的枯水季
为了碑亭上的游人
要在水中埋下泵机
如何不令滚水变成喷泉
这是一个问题

古人解决不了

传说解决不了

爷爷解决不了

青　岛

南山的大鱼刚刚吐穗

北岭上已腌好了梅

酒花花在台东声嘶力竭地叫喊

西镇是海雾中光鲜的灰

回归的那天她就永久地迷失

长久的彷徨带来潮湿的欲望

腹中的拒绝成熟

侵犯者却妄图瓜分纯真

还我青岛　还我青岛

故乡塞满了醉汉与痴汉

不再有人举旗歃血

除了五月的红锈也不再有风

海 狼

夜行生物之一

共生在一座城市

却互不相识

没有撕咬的理由

藏在礁底的狐狼

只敢在风雨的夜

爬上岸来

湿淋淋地冥想

这城市太脏

烟弄瞎眼睛

酒烧干胃袋

声浪嘈杂

提供不了一丁点

撕扯猎物的快慰

麻木的人类

僵硬地笑着

踏上朽坏的楼梯

用苍白的手指和嘴唇

扒皮 吸血 舔湿骨头

没有家

没有同类

没有爱情

只有挣扎出雨幕的月亮

照耀着死硬的头颅

和雪厉的眼睛

这城市也没有

草原上刚烈的风

谷地忽然铺散开的花

河岸厚积的雪

和干净的天空

甚至没有

奔逃的猎物

一腔鲜热的血

能滋润蜷缩的枯爪

只有在风雨的夜

避开灯和目光

潜入海底

吮吸这城市的阴血

夜盲症
夜行生物之二

我得了夜盲症

黄昏来临时

眼底全是你的影子

我的家曾住在山顶

脚下是个巨大的防空洞

你说你害怕

却想一探究竟

扯起你的手

生怕纤细敏感的指尖

感觉到震颤

一步一步陷入黑暗

心甘情愿

气喘吁吁　不知走了多久

想回头却忘了来时的方向

只能一直走

一直走　一直走

喉咙刺痛　脚底出血

瘫倒在地　抱膝啜泣

像困在夜牢底层

受伤的动物

你挣脱我向前摸索

那里没有路　也没有出口

你转头说在最黑暗的地方

有座玻璃岛

载着繁花盛开的园子四处漂流

你要成为它的主人

然后像个骄傲的骑士

把我掠为伴侣

仿佛最黑暗的地方

绽开最灿烂的笑容

白光乍现

我目不能视 耳不能闻

意乱神迷

醒来时

身边围着千万人

独缺你

披着星月在山间胡乱穿行

无数次跌落那座孤岛

借着园子里花瓣的微光

凑近你熟睡的侧脸轻声说

一生一世不长

我用光明滋养暗夜

用温热的鲜血浇灌冰凉的名字

心甘情愿

你不在的时候

黄昏来临

我得了夜盲症

蝙　蝠
夜行生物之三

倒悬着头颅

看夜色缭乱

在孤独的蒸气里穿行

没有别的什么

只有我一个

我闻到红男绿女

裙底的血腥

裹着皮鞭和泪水

洋溢空中

呼吸暂停

我听到爱人们

振动着翅膀

爬上别的身体

呼啸着交合

盘旋着远行

我没有眼睛

可却看得到你

迈着杂乱的步子

一路狂奔

向着潮热的海底

你的身体远远漂流

灵魂却在空中浮游

夜太黏

我尚且苟活

你为什么会选择死去

你摇摇头

说只想静一下

静一秒钟

可海水沸腾

烫得喉咙生疼

我张开翅膀
穿越你透明的身体
去寻找她们
也许一切都还没消散
一切都来得及

湿度太高的城市
处处渗出血珠
单纯已无立足之地
该走了　随他们去
还来得及安息

只有我一个
没有别的什么
在孤独的蒸气里穿行

夜色缭乱

我倒悬着头颅

*给从宿舍穿过雨夜直接走入对面海中一去不复返的
学弟。

鬼　经
夜行生物之四

夜半经过城门

看到你匆匆行来

面若桃花

是在寻我

还是另有所图

张开双臂

迎接柔软的身体

你却直直走过

一阵冰凉的风

吹透我远去

惶急的眼神

晕红的脸

急促的喘息

衣裾飘飞

招摇在夜色里

若想我念我

为何视而不见

若厌我弃我

你满头乌发中

何来雪痕历历

怎不拿上犀角灯呢

点光虽微

却能让双瞳

穿过幽暗的界限

灼灼相对

你去得远了

我亦须远去

灰烟散尽

是我经过了城门

还是城门错过了你

锦衣夜行
夜行生物之五

穿着锦绣的衣服

端坐在屋子中央

为什么不能出去

为什么不能牵手

为什么不能缠绕在一起

夜行者不能与太阳相遇

昙花只配快活一宿

衣服太美太脆

一碰便沾染尘世的灰

做一件锦绣皮囊只穿在无人街市

种一圃花儿只盛开在熟睡后的梦里

倒不如把全世界的灯笼堆成一座塔

照亮广场上彼此的面孔

一次烧个痛快

＊有个成语叫作"衣锦夜行"，可十几年前在学校写这组奇怪文字时就拟好了一个"锦衣夜行"的题目，不知前世与东厂有何瓜葛。

节　日
夜行生物之六

节日的夜

是这样一种时间

人们分做两群

快乐的无限膨胀

悲伤的彻底萎靡

停电了

我们多么幸运

不用加入任何一边

偷偷挽起手臂

潜行在漆黑的夜底

抓紧我

再紧些

这墨色的指掌

插入官能的缝隙

时时觊觎着欢愉

看着我

看清楚些

若是走散了

这眸子里的光彩

就是你回家的灯

守夜人

夜行生物之七

少年的时候

托腮望着窗外

窗帘刮碎了风

脸割破了阳光

你干净的裙子路过半空

想象中干净的身子

微笑的面孔

躺在山顶的时候

头抵着头

草地像长发一样温柔

拼命仰望

只看到你光滑的额顶

和鼻尖的雾气

被光和暗分开

教堂的钟响了

你说那又是一段地久天长

坐在礁石边缘

风鼓起你胸前的衣服

肩膀支撑你的柔软

没勇气转头

喘息着看向海面

你说有一只怪物

在身体里冲撞

就快要长成

快要寻到出口

你说你要离开

若要再相见

就到日夜交汇的地方等待

等你结束了黑暗中的游历

就重回太阳底下

牵住我的手

你走后

我一直坐在这里

面前是无尽的黑夜

背心裸露给光明

被烤出焦煳的味道

也不转身

也不哀求

你走后

我成了没名没姓的守夜人

钉在这光和暗的交集

肤炭发雪

等你回来

一块一块

剥落干净

夜海之都
夜行生物之八

公告：
馆内现正展出
深海怪兽一只
百年难遇
望踊跃购票
良机莫失

我被好奇的人群拥着
挤在漆黑的馆底深处
远远的巨大水箱里
有东西在痛苦的喘息
潜水员乱舞着铁叉
它在兴奋的口哨声中
艰难地躲避

那怪物有个人形的轮廓
却看不清面貌

围观者疯狂的嘶喊

因为他们买了票

想要看到刺激无比的

丑陋、黏滑、恶心的

墨绿色身体

我的目光落在它的脸上

虬结的肌肉间射出了光

穿透颅腔、空间与记忆

醒来时

四周空无一人

幽暗中只有它

蜷缩在混浊的水底

挣扎着起身

爬上高高的水箱边缘

俯身下望

重心和勇气忽然抽离了身体

坠落，漫长如从生到死

和被惊醒的它

四目相对

扣着铁链的四肢缠住我

绿色的丑脸贴紧我

我怕得发抖

它颤抖得更加剧烈

鼻下的裂缝微张

清楚地吐出一个词

"回……家……"

借助婚戒上早已黯淡的钻石

割开水箱脆弱的边缘

那一刹那仿佛身处海眼

巨力袭来扯断一切束缚

我架起瘦弱的它

它拖着断链

断链叮当乱响着没入夜色

回家！回家！回家！

回家！回家！回家！

回家！回家！回家！

回家！回家！回家！

回家！回家！回家！

回家！回家！回家！

回家！回家！回家！

重复的讯息侵袭着脑袋

眼前幻象翻滚

夜海汹涌

我脱下外衣

披在它墨绿的肩头

开始了一场

世上最缓慢的奔逃

它不停地撞上路沿、灯杆和石块

也许是天生目盲

也许根本未生双眸

胡思乱想

视线模糊

奇怪的灯光和声响

沿着水渍迫近

透支前的瞬间逃到大桥的中央

坐在高高的边沿双脚垂向虚空

桥两边火光晃动黑影幢幢

仿佛整个城市的高尚者、无聊者和犯罪者

都在同赴一场盛大的奔袭典礼

谁在笑，谁在狂妄地笑啊

他们——买票了没有

忽然被抱紧滚落空中

人生最长的几十丈

风和着夜和着无数的惊叫

快速地抽离身体

就这么毫无悬念地坠落

冲破水面

沉向吞噬一切的海底

掉落，向深渊寸寸掉落

无法呼吸

我艰难而狂躁地挥舞着手臂

徒劳而绝望地翕动着口鼻

怀里的它

却一直很安静

一直悄无声息

濒死的刹那

我又看到了幻影

怪物黑绿的皮肤片片剥落

露出纯白的轮廓

分明是人的形状

像世间所有光洁的美女

芳香而无常

我死了

在无边无垠的黑暗里

永远失去了声音

我还活着

呼吸代替了一切躁郁恐惧

不再有对未来的不安预感

时间垮塌于永夜的死寂

"到家了！"

她无声的呼喊在脑中回响

睁开双眼，艰难、沉重、滞涩

那套怪物皮囊附着在我身上

它开始生长，滑腻地溶贴着皮肤

呼吸，口鼻海水满溢

竟带来畅快的腥甜

她手指的方向

一片奇景绚烂

一座庄严的化城

一空静默的繁华

幽暗中流彩重重

一切惊愕、赞美的语词

都放弃了垂死挣扎

城中央

巨贝堆砌的塔顶

伤痕累累的我伏在壳心

像初离母体的婴儿

疼痛而好奇地从边缘下望

她高高地站在壳尖

碧绿的长发临波荡漾

脑波随水波起舞

这旧日陆地之主的蛰伏之处

劫难把一切没入海底

幸存的残部在黑暗中苟活

在逆流中摸索

一千一万年

从一个洪荒投入另一个洪荒

终于放弃回返陆地的誓言

放弃适应虚假光源的眼睛

一礁一贝

搭成这夜海之都
言语不再被需要
沉默的交汇胜过口舌的矫饰
伪装者遁逃化身珊瑚

如赤子不解羞赧
如海底物种牵连
无需衣物，远离惊惧悲苦
一空黑海，荡涤贪嗔痴毒
最轻软的盛装
最原始的善意
最无欲无求的心脏

甚至不再需要光亮
循着无止无休的波动
手牵着手出游
归去来兮，归去来兮

瑚海礁田，永不荒芜

永远守在一起

永远不知迷惘

无从分辨晨昏

时间失去意义

坐立难安

寒意入骨

纵使全身墨绿

我也不属于这里

蠢物离不开沉重的土地

这夜海之都

如此神秘　如此纯净

却无法书写　无法诉说

无法碰触　无法解脱

蒙尘太久的顽石

只配接受漩涡的荡涤

一世不安的洗礼

"回……家……"

我努力传送着讯息

她不言不语，挥动双臂

忘记这里的一切

永远不要提起

不要剥落粗糙的墨甲

留住生存的唯一凭据

我被推举着上升

摆脱笨拙的重力

撕破暗黑的海域

升腾犹如箭矢

近了，幽蓝的月光

她转身沉落，远去

洒落湛蓝的星辉一滴

向下望去

一片隆隆的死寂

巨城巍峨

除了建设者和鱼族

无人知晓

跨过时间的洪流

久久矗立

独自漂流向岸边

海水层层碎裂

无数生灵之眼

和我一同升起

我看到了空气中

唯一的永恒守夜人

——月亮

"怪——物！"

人们夸张地喊叫

咆哮着聚集

我张口却无法言语

声带痉挛虬结

一千一万句解释

犹如混浊的嘶吼

眼神多么熟悉

带着讶异的贪婪

和重获猎物的欣喜

更多的铁链锁住身体

更多旁观者疯狂的聚集

在被投入加厚水箱的刹那

忽然开始想念那座夜海之都

公告：

重新捕获

深海怪兽

千年难遇

提前订票

莫失良机

昙 花

夜行生物之九

是我追丢了你

还是你走得太急

远远的前方

模糊纯白的蒂

时间打散了又聚起

填塞满根到根的距离

疲惫的我只能遥望

你流光溢彩地敞开

洁白的胸膛

当我挣扎着站起

你又蜷缩不见

没入吞噬黑暗的天光

留步好吗

我许你一个地老天荒

你笑了 枯萎的脸黯淡无光

你说你已无疾可医

昨夜你已经毫无保留地

绽放给死亡

修镜子的人
夜行生物之十

我没法让你变得美丽或善良

没法找回曾经映出的模样

没法让破镜重圆

甚至没办法

把裂缝补上

我只能请你转过身子

取出新镜子挂上墙壁

把旧日碎片扫进背囊

你说镜中人多么真实

可镜前立着的

不再是真实的你

不想再继续

每面镜子都像一段悬崖

蚊
夜行生物之十一

一生只乞求一次

盘旋在你耳边

不停地诉说渴望

耳根如火烧般的渴望

嘴唇和乳晕般猩红的渴望

伤害你一次就用掉半生时光

余生全用来消化你的味道

你的味道是红色的

红得像火

火一样滚烫的味道

一生只有一次

只有一次隐藏的机会

你的旗袍夹缝

滑腻而温热

竭尽全力才不会踏空

沿着曲线

赭石色夜的静电

艰难地寻找乳白

乳白的腿根腋下和颈窝

盛满琼浆的入口

火的汁液

火的汁液是唯一的乐园

是孕育着生机的乐园

心在针尖晕眩

悬命于深深的脉管

一生最后的风

你修长五指拨弄起的风

空空如弦管的风

笼罩我全身

留下血肉模糊的缠绵

NG

夜行生物之十二

一百二十三把刀影糊满残墙
左面六十二条拉长如荆棘
右面六十一道竖立如山脊
一块糙木头浸满手心的汗浆

用皮肉迎向刀锋
用碎骨偷袭钢盾
血海将恐惧鲸吞
毛孔张大如黑笼

杀人者化影为牢
没有窄门的胡同
老墙如热山沸腾
自囚者无处遁逃

活着不是为了去死
是为了死得有尊严

（一百二十三条影子扑上）

跌落尘埃身影如山

唇紧闭无一声叹息

NG，再来

死得窝囊没人埋单

【槛内声】

粗腿姑娘

她说她试过用刀割

流的没有脂肪只有血

她试过抽大烟

瘦下去的只有骨头和眼睑

她试过穿长裤

几个没种的男人逃出了里屋

她试过穿丝袜

路边大树羞答答缠上了乱麻

她试过 SM

鞭痕痒得无比舒服

她试过漫长的饥饿

细腰花瓶配着敦实的底座

最后她跟我一样

来到这洁白的地方

左右裤管空空

像一尊秀美雕像的拙劣模仿

胎　记

一块丑陋的胎记迎面走来

泰然自若

我手足无措

躲闪是一种本能的逃离

直视却更像冒犯

血丝已经满布眼底

还假装毫不在意

我把脸转向侧面的玻璃

蓝色的玻璃

浑浊了上天恶毒的赐予

脸红耳热，身影俏丽

蹲在长街的中央

蹲在这冷漠世界的心脏

为了被丑陋玷污的美丽

双眼疼痛，乱发飞扬

当一块美丽的胎记迎面走来
我羞愧如麻
这世界欠她一个说法

心　脏

去年四十九

今年四十八

耗完这一分钟

看着女大夫

牙齿森白

情绪高昂

她说这样下去

你可以活一万年

前提是

为了保持它缓慢的活力

不要喝酒

不要吸烟

不要劳累

不近女色

不能在马桶上看书

不许看骑兵电影

不露宿

不偷窥

不作诗

不写自己看得暗爽的小说

来吧我说

随便什么来上一针

死在一百二十转的低速挡上

也好过活成你八辈祖宗

病　房

这是个奇怪的地方

我躺在床上一天天好起来

邻床的却一天天奔向死亡

他很痛苦

让人想拉一把

和扛刀的影子争一下

可大夫说他总是会来

不眠不休地等待

每个人都知道

每个人都没有办法

我们是躺着的傀儡

一百万根血线连在身上

牵着线头的亲人们

绊倒在床边

在走廊

在混乱的餐厅

在取药的路上

在病历上的天书里

在开膛破腹处的一墙之外

在塞满没人要的红色纸钱的垃圾箱

四面白墙

浸满药气

心力交瘁

暴躁异常

看书会劳累过度

看花有粉尘乱舞

想看看护士的脸蛋

口罩像散场后的银幕

提线人累了

木偶也累了

好多藏匿着的影子

把半夜的电梯

摇晃得呜呜作响

康复的那天

一溜烟跑出去

别管那哀号声

别管踏上窗台的拖鞋

别管系在床头铁架子上的丝袜

"不要回头，否则变石头！"

他死前说

夜　谈

滔滔不绝是一种绝技

是一种濒临绝迹的绝技

吃茶，吃糖，吃纸做的东西

那绝对是一种技术

洗手，洗眼，洗雪白的双脚

总洗不干净耳朵

放下合群的本性

摆一副被玷污的清高样子

他凑近了说那好

我说的话

我舔回去

夜　跑

六点到十点我不敢走出酒店房间

默默地加着班

做一些无用的东西给有房子的人看

十点半我甩掉网线上街去

虽然已经很晚

但不一定会被砍倒扑街

我只是一个吸着雾霾的跑步者

一个不被需要的协助者

一个拖延症患者

我看到一双年轻的手戴着闪亮的镯

从垃圾筒里捡拾矿泉水瓶

肮脏的瓶子

沾满未分类的汁液

像路过的露背女人

廉价的大红带子是无人怜惜的血痕

新开张理发店的大叔想抚摸她

却只能看上两眼继续吃面

他们都没有房子

没有能够体面地消灭漂泊感的房子

迎面飘过夜班后疲惫的女人

捏着包惊恐躲避的女人

提着名片袋子香喷喷的女人

倚在玛莎拉蒂展厅玻璃门上的女人

我感觉到冰凉的目光

一个自己这样的跑步者

不可能有一座房子

他只能跑向灼热的桑拿房

或者雪洞样的宾馆包间

他不会叫任何女人

没有房子的人没有体温

暖不了任何东西

多么温暖的城市夜晚

每个人都可以拥有每个人

但我们没有房子

我们没有房子

没有房子

全世界最贵的房子

一旦拥有

别无所求

卖掉所有能卖的

从头到脚

宾馆到了

我打开灯又关上

明天这里就会住进下个跑步者

他跑着奔向必死无疑的结局

死前说真好啊

这好贵的房子

茶 歇

一场洁白的慵懒
海浪浓黑的倒影

皇宫废弃在沙滩
疲劳的云彩徐行

无名舰行驶悠闲
毁坏群鲨的宁静

沾满粉墨的文件
一刻钟后吞噬风

吞噬光　吞噬海面
吞噬鱼　吞噬云雨和爱情

吞噬所有　美好的蓝
吞噬你我　一刻不停

中 秋

1

月亮薄脆
我只是一个食饼人

2

乌云太厚了
只得低头吃饼
糖霜结得太厚了
抬头假装享受

3

孩子在作文里写
等了一夜它也没露头
老师训斥了她
作文改成了——
去年的月亮好圆
一直在天上呆到了今天

前　戏

就这样躺着

两只精疲力竭却永远

摆脱不了饥渴的动物

肩并肩躺着

看一滴水珠从皮纹滑进毛孔

说几句十几年前就发炎的情话

天若不亮　就永远不需要太阳

若亮了　就别再提什么永夜

永夜将至前选择了逃亡

就该各自喝光那绿酒

在离岸的两个方向

就这样一直躺着

你胖了

没有，那是背着乡愁磨出的茧子

你瘦了

没有，没有什么像你一样
轻易用时间榨干所有
所有潮湿的像天气的东西

雨若不停
就别再穿回破烂的衣裳
若停了
就找把桨独自划开
就这样躺着
肩并着肩

末　日

末日前一秒
我只想要你

越过谷地山基穿过墙壁
在灰洞尽头我独自游荡
撞伤许多彷徨的骸骨
余烬扬起蒙住眼睛
遮掩一切蛛丝马迹

崩塌前绽开的花朵
娇艳肥美汁液如潮
贪婪而慷慨地分泌果味的湿毒
带着急欲告人的最后渴望
热切地包住你的身体

让我进来　放我进来
东边的天空亮如白昼

巨大的云朵欢快地升起

如此耀眼　如此广阔

终于在贫瘠的美地找到了你

满身勋章般烫手的伤痕

化灰不及的鲜血淋漓

弄脏的新衣服不值得痛惜

拥入怀中的躯体仍柔软如昔

头发苞着最后一蓬香气

抱紧吧在这天地扭曲的瞬间

终于可以混同成一撮灰烬

随风扬散　追逐不息

在如此巨大的荒凉里

没有一个敢于自封高贵的名字

末日前一秒

你看到我　会不会笑

穿 刺

斗牛士的面颊血流如注

母亲拿起缝制粗布袜的大针

孕妇肚腹短暂的不安与疼痛

恶疾患者冰凉透骨的检测

蛇舌少女微张开双唇

盗墓贼的洛阳铲惊扰古人

丧失激情的探矿者胡乱破坏时间的灰

生是肉体穿刺肉体的胜绩

死是呼吸对时间穿刺失利

地　狱

亲爱的你在撒谎

不然为何被送到这里

泛着青芒的小鬼来了兴致

铁钳撑开薄唇

拉长舌头　拉长　再拉长

好了　承认吧　你需要我

当我解开缠绕千匝的长舌

你就永不再说谎

而我也坠落着

跌入锋芒尽现的深层

钢叉戳碎一切哽咽

巨剪抹过手指

一根根坠入血海

只因为它们曾虚指着远方

说祝福你　祝福你和他们

地久天长

底层有铁树千寻

枝头戳着惨绿的阴月

你手掌被钉死

高挂在那里

我抬头张望

看不清你的模样

我们本不该如此嫉妒

活着 已是天大的恩赐

终于能手牵着手

走到孽镜之前

一切罪业尽显

所有未了心事

都被它窥见

我们犯了重罪

活该被圈禁 凌虐 流放

被欲火烧灼成枯焦的尸体

在缭绕的雾地

我们互不相见

驻守在两端的崖头

蒸腾出火热的精血

凝结成冰冷的石条

夜夜夜夜

夜夜夜夜

夜夜夜夜

死 亡

我拼尽一生的力气

逃避一个拥抱

可终于还是

陷进他怀里

来不及尖叫一声

甚至来不及看看

你们悲伤或者

快乐的眼睛

记　忆

我身体左边埋着个记忆

她长着爪子

随着日升月移

一寸一寸

扎进心底

她拿着带刺的皮鞭

一千次抽打赤裸的身体

我是一只祭品

挣脱无力

她高举着血书

上面满是鲜红的字迹

"不能宽恕！"

而我早已没法回头

早已背叛

早已忘记

她亲吻着我的额头

嘴唇　肩膀　小臂

我不能拒绝

颤抖　苍白

如苦涩的月亮升起

嘴唇碎裂

紫黑的甜味充溢

额头枯焦

纵横疼痛的印迹

她就这么肆意妄为

我却无能为力

停　航

我困在车里

车困在雪中央

雪一片片投海自尽

暖成了浪

浪和雪的沙滩争抢白色

沙滩失利

浪到达堤防

跳起来迎着雪放肆狂吼

凄惶地蜷在雪浪交接处

望着消失的对岸

一整天的计划只剩下

大张着嘴巴

让挣开浪的风

穿过牙缝

听听有没有呜～呜～

复航的消息

我阻止不了雪

阻止不了浪

阻止不了停航

我冷

我饿

裤兜里还有八毛钱

上不了车

时空缺损症

流星

多么像愤怒的孩子

拼尽全身的气力

在虚空里凿一个洞

掉进去的人

都染上了怪病

火热的铁钳趁机伸进梦中

偷走一只只柔软的喉咙

惊醒的人伸出一只手

像垂下救生的绳索

抓牢它就能返回人间

可另一只手却抵住自己的背脊

默默用力

渴望能够得到

一次坠落的解脱

洞里无声无息

只在尽头处的海底

传来低浅的声响

看不清模样的东西

咀嚼着未烧化的喉头余烬

喉头连接着脑髓

脑髓包裹着大块的时空

美味的是童年

苦涩的是恐惧

尝上去乱七八糟的是愿望

没有味道的

是爱情

陀　螺

生命在抽打中绽放

没人能靠近

也看不清我模样

当你的鞭梢

永久地厌倦我的身体

我只能跪倒在地

臃肿地死去

给孤独

其实我知道你的名字

有个巨大的家伙

坐在我的床上

遮住了风

也遮住了光

我没见过他

他低头看我

说孩子我认识你

我见过你一切

漂亮的和丑陋的模样

他说我在妈妈的胎盘里

闭着眼睛

头发纤细

他替我扒着暖暖的墙壁

向外看

想找到缝隙

可终于还是

一直挤在一起

直到我像每个初生的孩子

开始放肆地啼哭

他才悄悄离去

他说我在荡老屋前的秋千

前后摇晃

摇摇晃晃

邻居们都搬走了

小伙伴没说再见

剩下无趣的孩子

什么都来不及

机器们来了

推倒了墙

再重新堆起

推倒了秋千

扔进吞噬城市的垃圾

只有他看着我

我看着废墟

他说我在教室的窗下罚站

破碎的阳光穿过身体

没有人理我

顽皮的孩子没有人理

教室里的人不理

窗外的云彩不理

空寂的走廊不理

我无聊地朝玻璃呵气

再用纤细的指头

画一枝瘦瘦的向日葵

擦掉

再涂抹

让她的脑袋

总能朝向太阳

他说我傻傻地淋着雨

天上晴空万里

我却湿了眼睛

湿了身体

湿了心爱女孩的背影

丢了所有

跟她的联系

他整个拢住了我

我却无知无觉

做不成坚强的孩子

没法不哭泣

他们笑吧

她们笑吧

阳光多明媚

我淋着雨

他说我昨天站在天桥中央

他站在桥底

我的脸冷漠而可怕

俯瞰车流穿过他巨大的身体

不叫喊

也不说话

找不到方向

找不到留下的原因

也找不到离开的理由

我像个无助的孩子

眼神惊惶

看着灯海渐渐熄灭后

整座城市

漫无边际的荒凉

我鼓足勇气

想喊出你的名字

门响了

泄进人声和灯光

你庞大的身躯轻轻弹起

飘出了窗子

飘去其他孩子家

不声不响

平安夜
献给平安夜的孤独者

歌声的香味飘上了天

菜肴的旋律挂在树尖

火烫的雪花滚落了山

月亮通上了电

不在乎的人醉倒路边

不幸福的人哭死山巅

不嫉妒的人贴上玻璃

狂欢小心开演

没烤熟的鸭子飞不上天

没喝下的红酒涌不上脸

没切开的眼睛看不清你

弥撒宽恕永远

烟 火

是不是每个孩子

刚刚睁开眼睛

都曾被抛上星星

彩烟围绕

泪水纵横

火光包裹

大声哭泣

倏——

啪!

一个大号的我

飞上了天

一个小小的你

依在旁边

一忽儿

消失不见

铃 声

投币

铃声响起

惊喜的回应

一小时的惊喜

投币

铃声响起

甜蜜的回应

一刻钟的甜蜜

投币

铃声响起

无人接听

一分钟的死寂

投币

身旁的铃声响起

遥远的铃声响起

没有人理

寂 寞

是生锈的那只秒针

在异国的街头

兀自跑着自己的时间

家乡的时间

降生的时间

是沸腾的那场舞会

透过所有盛装

用眼睛呼喊你的名字

你没有转身

没有看我

是蓝色的那粒药片

一切旋转迷离

深埋进透明的液体

只溶在喉咙

渴在口里

是伤痕累累的天空
只有我一个人包扎仔细
从黑夜苍白到黎明
只有我一个人
等待一切升起

生 长

摔倒的时候

从不奢望变成种子

埋进泥土深处

不会发芽

也没法开花

只会生长出

一截矮矮的墓碑

呆呆地仰望着

几双挤出汁水的眼睛

宝 贝

1. 按 摩

侧身 纯白色海岸线

手指 捏碎暗礁

发丝 黑色的水草

新生 在隆起的圆崖

随着唇 东游西荡

这是时光的奖赏

睡神的涛声传来

身体安眠

海也安眠

2. 胎 动

听见梦

跳一跳 跳一跳

听见抚摸

跳一跳 跳一跳

听见大雨落

跳一跳 跳一跳

听见一地花瓣

跳一跳 跳一跳

听见大海低吟

跳一跳 跳一跳

听见窗外小鸟

跳一跳　跳一跳

听见浮山响

跳一跳　跳一跳

听见云彩

跳一跳　跳一跳

听见心

跳一跳　跳一跳

3. 入 盆

亲爱的
去一个地方
一个神秘的地方
一个狭窄的出口
温暖的出口
亲爱的

黑暗中
指指点点
风不属于你
光不属于你
一切都不属于你
除了这个神秘的地方

可是亲爱的

有一天你会离开

会看到这世界

它不再神秘

它整个都是你的

就藏在眼底

4.淡定

像珊瑚躲着月光

像树枝躲着太阳

像一匹跑在墙缘上的马

像大海

要捂住自己

层层层层的浪

别傻了

你怎么躲得开呢

我的血流遍你的身躯

骨头就是拱卫你的墙体

而我的心

为了等待你

渐渐化成晶体

纯净如天空

把星星抛弃

把月亮抛弃

为你腾出北斗到北斗的距离

像浪花摆脱大海

像白马破雾奔来

像太阳撕开了叶脉

像月光

把整个珊瑚丛笼盖

5．不　安

今夜你很不安

踢偏了妈妈的肋骨

只好给你读诗

读一个任性的孩子

如何在橡树底下

等待祖国的回答

读枫叶和七颗星星

同样面朝大海

痛哭一晚

甚至偷偷地

插进自己的诗行

相信你是世界上的另一个我

相信会有光芒如神迹升起

相信花儿在熟睡后盛开

相信灵魂向这里浮游

相信月亮挣出雨幕

相信张大的嘴巴

相信日升月移

我像一个做了爸爸的诗人

得意非凡

你隔着妈妈嫩薄的肚皮

羞涩地蜷成一团

你听不懂我的诗

我也听不懂你的

想清楚了这件事情

你忽然安静

妈妈终于安眠

6. 破　水

充盈的世界裂开

一条干涸的通道

我

一分

一秒

变得干渴

新世界为什么

如此明亮炽热

甚至连空中

都没有漂浮的养料

只有鸟

7. 待 产

凌晨三点起丢了魂
提前学习将追随一生的东西
疼痛和排挤

疯狂抖动的眼皮
入地三尺的身体

等待
等待是一个人推磨
把扯着血管的心脏
扔进时间的孔

再没有什么事情
能让耳朵紧贴冬天的玻璃
分辨痛苦的哀鸣
分辨喜悦的初啼

8. 贴　脸

我把脸贴在她的脸上
闻她波浪样的香
我想得到一把小刀
从空中刮下这味道
小心地藏进瓶子
种进鼻子

她把脸贴在我的脸上
看不清模样
呼吸像雷声滚滚
我依然躺得安稳
这熟悉的味道不用怕
是爸爸

9．初　乳

一切都是黑的
只有妈妈的乳汁是白色的
这白色的乳汁是甘甜的
所以甘甜是白色的
羊水也是这种味道
羊水里是黑色的
所以黑色是甘甜的
这世界除了白色就是黑色
所以这世界是甘甜的
一定是这样

火烧云

天边的云睡着了

一朵朵被落日烤得金黄

楼群的队列骚动着

妄图用卷起的风帮助云

风吹进我的心脏

它因为与你分别太久而变得焦糊

而你只是等在那里

哭泣不代表悲伤

大笑也不代表狂喜

我们永远都无法像你这般安稳

如天空中的火烧云

燃尽了全身的衣裳

也不肯拉开与纯净的距离

我看到你了

看到你了

你呼出的空气是金色的

我跪在你脚边一一收集

安全感

蜜糖瓶底粘住的瞎眼蚂蚁
调音时暴露在弦间的腕底
收到系统自动退回的信息
凌晨枯坐等待没讯息的你

醉

一个醉鬼饮饱了雪
天边有了温暖的流光

醒

不是酒。

是夜涌上来，

让呕吐战胜了饥饿。

前　途

驴子的前途是自己的屁股

马的前途是远方的尘土

鬼怪的前途是修炼成人

人的前途是在烟尘中踢开鬼怪的屁股

爱

我爱白纸、黑字、裸露的书脊

不爱语词的虚伪

我爱逗号、顿号、省略号

不爱完结的句号

我爱向左、向右、退向后方之后

不爱向上爬

我爱跑跳、踢打、偷窥

不爱站队

我爱角落、窗口、树影遮路

不爱翻墙

我爱无名的杂草、幼虫、野花

不爱蜂蜜和塑料玫瑰

我爱海浪、沙滩、咸味里掠过的水鸟

不爱照片里小心翼翼的重构

我爱镜头里宝宝的脚趾、恋人的头发、

爷爷去世前最后的微笑

不爱美图软件磨扁的人像

我爱夜、爱晴天、爱风吹雨湿白日梦

不爱云都没有的天气

我爱双关、爱谜题、爱半块石头和人间

喜剧

不爱烂尾和过度诠释

我爱恐怖电影、冷门音乐、立体绘本

不爱会议（漫长的）、训练（刻板的）、

逼婚（幸灾乐祸地）

我爱紫霞、绿萼、小青、红线女

不爱无休无止的番号

我爱女孩、女神、女招待、女编辑

不爱女犬、女王、女上司

我爱人群、市场、路边的残楼

不爱互不相认的冷漠圈子

我爱请病假、乱坐车、随波逐流

不爱圆滑和标准

我爱高处的恐惧、角落的孤独、保守秘
密的心
不爱决绝的选择
我爱沉默的自由、说话的自由、争吵的
自由
不爱党派和界碑

我爱短暂的拥抱、紧握的双手、意味深
长的目光
不爱自以为高高在上的东西
我爱小聚、散啤、七情六欲、烂醉如泥
不爱口号和等级
我爱4、24、43、920
不爱孤寂的7和老无所1
我爱脸的独特、胸的柔软、手的温热
不爱表情和规矩
我爱慢慢变黄的书、渐渐躬身的树、平

静老去的脸

不爱人鱼肉和生生世世的约定

我爱重逢、爱厮守、爱欢喜不语

不爱后会无期

我爱你，爱你爱我，爱你不爱我

不爱你爱我的条件

我爱这花花世界的无尽细节

不爱一个人

转身离去

【植物的记忆】

背上的喀迈拉

我背上有只怪物

狮头

羊身

蛇尾

坚甲利爪

身形巨大

它吸食我的幻想

饱饮快乐和悲伤

我渐渐被冷漠围困

它就以冷漠为粮

它饱食终日

愈发沉重

我不堪重负

无法甩脱

它的爪牙

早已与血脉相连

腰背折断的刹那

头颅低垂

却听到它发出

冰冷而恶毒的咒骂

尸体开始腐烂

生长出新的生命

面孔松弛扭曲

仿佛挂满笑容

它默默地钻出孔洞

回望瘫软的皮囊

思考着

鳞片炸裂

钻出新生之物

全然是我的模样

那个"我"傲立在

残躯的肩上

生出坚甲

探出利爪

狮头，羊身，蛇尾

依旧沉重

依旧漠然地

吸食着空妄的幻想

渐渐长大

渐渐把我压垮

　　* 喀迈拉（Chimaera），希腊神话中的妖物，狮头，羊身，蛇尾。

　　波德莱尔的诗虽背不出，可始终忘不了《恶之花》里弥漫着尸臭的震撼。他的散文集《巴黎的忧郁》中有一篇就叫"背上的喀迈拉"。我们背上的喀迈拉大概就是空妄的幻想与漠然的态度之源。

　　每天都在工作与不切实际的幻想中奔波，忽略着家人、朋友和爱人，背上的喀迈拉肆无忌惮地生长着。是不是该早早停下，拼着进血和剧痛，把它甩脱掉？

成　虫

那天午饭后

你依然漂漂亮亮

而我

却成了虫的模样

可笑的脑袋上

生着长长的须子

坚硬的甲壳

包裹在身上

我躲在黑暗的角落里

忍受着刺鼻的味道

忍受着每个人的惊慌

怕爸爸一脚把我踩碎

怕妈妈颤抖尖叫着昏迷

怕老板暴怒地打来电话

怕客户在门前

呕吐不已

只有妹妹

只有她

不声不响

默默打扫

端来水和食物

可她的眼神

渐渐黯淡

今不如昔

生活死了

庞大的尸体

压————————

————————下

来————————

没有缝隙

甚至没有一只虫子

生存的余地

我的自由

只剩下死去

尸体阴干碎裂

随风扬起

找不到一双

微红的眼睛

似乎每个人

都厌倦了惊奇

* 卡夫卡《变形记》读后

非　人

我不是一个人

我们不是一群人

我们是动物

我们在战斗

我们革命

我们赶走了人

我们高唱《英格兰牲畜之歌》

我们是自己的主人

四条腿的是友

两条腿的是敌

不穿衣服不睡床铺

不喝酒也不杀害其他动物

我们都享受平等

这是我们的七条戒律

时间比马车跑得还快

老东西们

纷纷死去

一切都在改变

规则比粮食

更易腐坏

四条腿的逆贼可耻

两条腿的送来钱财

我们喝酒却不过量

我们处死恶毒的叛徒

我们依然平等

这是我们的七条戒律

一只猪他领导革命

现在已朽化成枯骨

一只猪他背叛我们

现在只剩阴影散布

一群猪领导我们

风车却压毁幸福

一群猪坐在桌边

人坐在对面

满面充血

人和行走的猪

已经没有区别

毫无区别

*乔治·奥威尔《动物农场》读后

起风了

拿把剪刀

咔嚓咔嚓

把无趣的部分

全部赶回生活

只剩下让人

亢奋的影像

一个慵懒的身体

一副恶滥的唇齿

一双自渎的醉眼

一把无力挥霍的时间

遥望奋斗着的人

胸口仍如火烧灼

仰起脸

对着风

就变成了小孩子

被太阳挤出了泪

还努力睁大眼睛

他仍默立身旁

让"色情狂"吹过

让"虐待狂"吹过

让"贪恶嗔痴"吹过

让"衣冠禽兽"吹过

充满淫欲的审查者飘散

一部伟大的电影降落

* 黑泽明《蛤蟆的油》读后

等　云

等云到是一场战役

只一瞬　光影就已经苍老

等云到是一盘赌局

只一夜　人群就四散奔逃

等云到的是一张侧脸

他在神坛上弯下漫长的腰

追云跑是一群痴人

胶片剪碎，接起，翻搅梦的怒涛

等云到是一种心境

人生如潮，空隙静好

等云到是一意孤行

几十个昼夜交换一分零六秒

等云到的是一幕新影

是一把劈向原石的刻刀

随云走的是一阕旧曲

声带剪碎，接起，是永生之招摇

等待是一种细碎的痛苦

连缀起来就成了幸福

人生来就是为了等待死亡

就是为了死前爬上一次高岗

等云升

等云到

等云去

等云老

＊读野上照代《等云到》

当你老了

当你老了
老得痴痴傻傻
老成了我肩头的
一座山

吃是不知饥饱
喝是满地横流
拉撒是一场战争
在漆黑的冷夜里
在雪地的热窝中
与想象的盗贼搏斗

你犹豫而迟缓
然而只要一转身
便奔去无踪无迹
精疲力竭的找寻
欲哭无泪的打理

当你老了

老得恍惚恍惚

老得亡灵横躺在面前

都无知无觉地跨越

你为什么不

无知无觉的死去

恶毒的声音在耳边轰响

但它从来没战胜过

我憔悴的外壳

当你死去的那天

松掉的不只是我的一口气

还有整具人一样的皮囊

和爱的能力

* 读有吉佐和子《恍惚的人》

失联航班

没记错的话

尽管获奖无数

但国内银幕上

几乎看不到他的电影

对有缝鸡蛋般的市场来说

这显得有些不可思议

审查者说他太现实

台下人说现实中哪有温暖的结局

审查者说他小众

台下人说我们以拥有他为荣

估计就是这样

好在纸上观影不受阻碍

也许另一拨审查者看不懂

他用静默的照片

更洒脱地讲着故事

洒脱

这是读过他的文字后

唯一留在脑袋里的词

影集印证了他的洒脱

从城市到旷野

从动物到人物

从黑白到彩色

从自拍到失焦

他把装着自己独家念头的

照相本子推给世界

当然他是个天才

一个洒脱的天才

但这世界上天才很多

他的敏锐与精准背后

是"全无节制"的创作欲望

和无法停止的"工作"

他说摄影是件美好到不真实的事情

也是件真实到不再美好的事情

于是他蠢蠢欲动

在镜头后忍不住地讲述和表达

同时在看另一本画册

那自然的壮美让我心神摇荡

而回到影集

第一页就被拖回了人间

猴面包树下的一个黑点

拉近　再拉近

是独腿的穷苦土著人

波澜不惊的眼神

两个后脑勺头发稀少

一个属于黑泽明

一个属于鲍威尔

一言不发的戈达尔

背影都甩不脱忧伤

放疗前后的老尼克

追求过玛丽莲·梦露

调教过詹姆斯·迪恩

他工作游历生病死去

有人爱他　有人吻他

什么都剥夺不了优雅

他还记录了流窜在五个城市的一天

文件合同日程和晚宴

全是工作的必须而非艺术

他第二天才拍了此行唯一的照片

一个孩子从半开的车窗尽力向外张望

这是人之常态　也许没有隐喻

其实他早就说明了态度

这本书献给厚田雄春

一个名字陌生的摄影师

一生都在与小津合作

导演去世

他的电影生涯也宣告终止

三十年后才追随而去

他也许看到了镜头后的一切坚守

他的故乡以他为荣

他的照片甚至喷绘在公交车上

但他觉得影像是脆弱的

用脆弱的影像记录马上逝去的永恒

并且一遍遍被别人误解猜测和回溯

无疑是件有趣的事情

他从不卖弄皮肉和眼泪

却甩不脱这世界本身带来的哀伤

他的照片里有无数残骸

和正在被永远遗忘的东西

我忘不了他镜头下废弃的电影院

和机场上唯一一架没有翅膀的飞机

也许它只是在维修

但看上去

似乎与世界已久久失去联系

我们都乘坐在失联航班上

旅程或长或短

没有人能永远滞留人间

我们拥有的完整人生

不过是一张又一张不连贯的相片

记录着一次又一次不可复制的悲喜

不可遏制的衰老

和死亡从不遮掩的欲望

不如在封底那架飞机坠落前

像封面那只狗一样

坚定地看一眼艾尔斯岩

一眼就是永恒　不必再为了

被自觉无谓的"一次"填满的

人生　叹息

*维姆·文德斯《一次·图片和故事》读后

织

我们的双手结茧出血

努力织着黑色的大网

一层一层

密密实实

然后在幽深的夜底

叫上十二个助手把它拆散

只为第二天

不能重新织起

白天我们埋低身子

辛勤劳作

重复　重复　重复

为着那个尽人皆知

却说不出口的目的

忘记梦想的

忘记所爱的

忘记忘记的

夜里我们大口喘息

对镜已不认得自己

哭泣是不知所谓的努力

哭泣是不知所踪的分离

一切一切

都在夜深时分崩离析

都在夜深时

丧失生气

我们用一整个白天织网

用网包裹全身

将肉身向深渊沉坠几米

再用一整个晚上拆网

勒出血痕的双手朝天挥舞

希望向曾经最真的自己

爬回一半的距离

  * 在古希腊神话中，珀涅罗珀是奥德修斯忠贞的
妻子。奥德修斯外出二十年未归，珀涅罗珀相信他一
定会回来。在这期间，为了谢绝求婚者，她推辞说要
给奥德修斯的父亲织寿服（珀涅罗珀之网），待织成
之后，才能做出改嫁的决定。为了拖延时间，她白天
忙着织网，晚上又把白天织成的东西拆掉。

  阿特伍德的《珀涅罗珀记——珀涅罗珀与奥德修
斯的神话》一书对奥德塞故事进行了有趣的重述。我
对这种戏剧性的方式并不是特别认同，却对九十七页
提及的"珀涅罗珀之网"故事念念不忘。

  每个人都在用一生拼命织网，许多原本成型的、
美好的东西都被粗暴地扯碎、再造。在难得的喘息时
间里，人们又开始念旧，努力撕碎平淡生活制造出的"四
不像"，想回归初心。然后昏睡一宿，继续投入重复
的意义不明的工作，继续拼命织更加密实的网。

  一生不该在这样的重复中耗尽。

过　程

为着一个美少年的名字
和封面上孤独的花园
四处寻找这本诗集
像寻找一道罕见的环蚀

在一年一坐的小店角落
一坐一年　偶遇入手
因未知的内容而颤抖
尽管不再有纸袋免费包裹

缩在无人的公车末端
幽暗、晃动、温暖
如同子宫里的婴儿
享受着隔膜尘世的安全

翻开第一页
美少年老去的照片

乱发飞舞如电

眉间的怒纹永不枯竭

他爱说风与光

奔涌地底或俯瞰广域

我情愿臣服

若他称自己为君王

* 读阿多尼斯诗集《我的孤独是一座花园》

花 碎

花的肚肠

孕了籽

揉碎了

一床鲜红

雪的肌肤

埋了金

烤化了

死水一池

凭哪般

男子纷纷绕裙舞

不容我

红粉风流艳一时

罢了

罢——了——

迈不过

美凤面慈心似谷

挡不得

桐花落处秋如刀

我的儿

化了一盘血水淋漓

我的夫

舍了这块龙珮凉玉

罢——了——

罢了

且赏我薄板一副

香魂入了土

*读红楼：万艳同悲之尤二姐

虞兮

说甚
一把艳色人尽淫？
呸！
偏要褪净那个个肮脏魂！

盼着那　　挣脱这偌大一个府
盼着那　　污我之人终自侮
盼着那　　爱人带出这泥淖地
盼着那　　鸳鸯双剑终合璧

盼着佛陀怜我苦
一日肉身化去
虞美人草儿
自在随风舞

盼来了爱人
轻信薄言把我弃

五载苦待

一刹成绝途！

项王势已尽

虞姬奈若何

冷二情既绝

三姐奈若何！！

且将剑一抹

我笑世人哭

揉碎桃花红满地

玉山倾倒何需扶！！！

*读红楼：万艳同悲之尤三姐

画 蔷

堪爱复堪伤

无情不久长

浪摇千脸泪

风舞一丛芳

无论你拥过多少肩膀

睡过多少床

倚着最真的美梦

我画着蔷

戏子的所有

不在脸上

脂粉和油彩

埋住了伤

笼里的雀儿

瞪着天上

断翅和残羽

越不过墙

写写画画

一千朵蔷

画伤的我

划我的伤

雨打沙地成墨漪

指划水帘似血蔷

似濯文君锦

如啼汉女妆

所思云雨外

何处寄馨香

* 读红楼：万艳同悲之龄官。事见《红楼梦》三十回"椿
龄画蔷痴及局外"，首尾诗句引自唐人李群玉《临水蔷薇》。

两种危险

揣着红底黑花的小书

多日无门可入

得奖是件喜事

但怀着无可指摘的纯真

写下明亮丰盛的文字

就是桩危险的罪

没有设围栏

一根也没有

还是无人闯入

在乎日常之美的人越来越少

一个个宁愿苟且着

踱向死亡

直面恐惧之美的人越来越少

无数个声音在喊

空忙　空忙

夜海边飞驰的公交车顶

霾城人最能接近他的地方

爱与死 必须被拖出暖房

读不懂他的顽固与包容

直到加班归途

面对着夜海灯潮

狗一样的贪婪吐纳

嗅到一对恋人

一个幸福地前倾向黑暗

另一个忧伤地闭口不言

啊 这样多美

独占着两种最真切的危险

也许只拥有最后一个夜晚

但爱与死

也只需要一次机会

*胡安·拉蒙·希梅内斯《生与死的故事》读后

我愿做个酒鬼，死在你窗外的雪地

给马修·斯卡德

这是个太过干净的城市

有很多干净的墙角

大难不死的人

从诗里逃亡

从画里逃亡

却不敢从世上逃亡

这是个太过肮脏的城市

墙角有很多肮脏的雪

生死不明的酒鬼

爬过最宽的街

爬过最黑的巷子

死在你窗外的雪地

他们背负着父之罪

爬行在死亡之中

爬行在谋杀与创造之时

爬行到垃圾岛的彼岸

在黑暗之刺上扭曲出

八百万种死法

酒店关门之后

静坐刀锋之先

为一张到坟场的车票

跳一段屠宰场之舞

盘肠行过死荫之地

血乞恶魔预知死亡

换回鲜红的名单

上面是一长串的死者

一长串向邪恶追索的灵魂

每个人都死了

每个人都死无报应

离幸福只隔一片肉唇

心中涌起一簇

苍白而火红的

对死亡的渴望

时间无多，要及时清理干净

须知夏日已远，**繁花将尽**

这世界的重生

需要一滴烈酒

残　篇

　　清晨五点五十分是残酷的时间，
　　你撕扯掉残梦奔向洁白的餐桌，
　　却发现座位掉落在沉睡的中央。

＊摘录自小米的长篇小说中假托诗人托伊莱（Toile）
名义创作的未发表作品残篇之一。

狐狸的战争

有一天我会在墨绿的丛林中间

与那残暴的飞龙作战

若侥幸割断了它的喉咙

夹着尾巴我就上天成了神仙

*摘录自小米的长篇小说中不存在的作品《山民歌谣
集》，这是其中第一百四十七首歌谣。

野　歌

这个城市不是我出生的城市，

这个妈妈我叫不出名字，

这个车站我等不来马车，

里面驮满我童年的镜子，

镜子里映着绿色的原野，

还有姑娘粗粗的黑色辫子，

我帮她解开头绳儿的那天，

麦子熟落在田边，

那是细细的面和白白的馍，

妈妈亲手摆上餐桌，

那是一只粗瓷大碗，

里面装满了滚烫的心事。

*摘录自小米的长篇小说中天桥下流浪歌手弹唱的歌
词。

选　择

选择是一场不公平的游戏
放弃了其他选项
也就放弃了做出更好选择的可能
明天就是生命中最美好的一日
而今夜却选择永久的远行
在这件事情上
命运永远输给偶然

*摘录自小米的长篇小说中不存在的作品《自杀笔记》。

有些女人

有些女人不必戴首饰也不必摘下

不必穿漂亮衣服也不必脱掉

不必凝视你也不必转头

她定定地坐在那里

你就会渴

就会发光发热

把一屋子都烧满了荷尔蒙的味道

* 摘录自小米的长篇小说中不存在的作品《如·果·爱喜》。

树

我们都是背负着树的孩子

根须扎进血脉深处

枝叶上结满罪恶的果实

我们在记忆里惶恐地打扫

用血肉为它划一块位置

它无知无觉

瘤痂遍布

面前只有一条通向死亡的道路

我们光着脚

淌着血

背着一棵罪孽深重的记忆之树

*摘录自小米的长篇小说中油印在某所中学皱巴巴旧校
刊《绿风》上毫不起眼的小诗。

某某某

是不是还可以怒吼

在无话可说的时候

是不是可以挥起血肉的拳头

砸向钳嘴的刀斧手

是不是可以高举残缺的双臂

代替被烹黑的舌头

乱发缠向他们的颈子

用断骨的锋茬死斗

捍卫言语的权利

捍卫最后的自由

等候

等一个不会开放的出口

等候

在污水管深处想念

猩红伤痕下潮湿的星球

怀念无话不说的日子

怀念故乡净化前的酒

怀念书写后不必默记

怀念脑浆和精血淌向大江大海的

某某

某某

和某某某

* 读毕积存的所有索尔仁尼琴作品后，有种无话可说的
感觉。

LA JUMENT 1911

我额顶通红目光如炬烧干十一英里又十一英里

我满身水痕乱石密砌夜半如星将基座留给恐惧

恶浪汹涌被我逼成狂暴的涡漩

你转世又转世我心底锈刺未剔

我只是固守暗礁的一颗旧星星

拒绝任何血沫飞溅的暴烈亲吻

我只允许你一个人立在

一百五十四英尺的发梢

重复做一件事情

浪烧红了我的根

* 在一本叫 *Lighthouses* 的书里看到一座名叫 LA
JUMENT 的灯塔。

图书在版编目（CIP）数据

夜行 / 小米著 . —北京 : 北京联合出版公司，2016.5
ISBN 978-7-5502-7644-4

Ⅰ . ①夜… Ⅱ . ①小… Ⅲ . ①诗集－中国－当代 Ⅳ . ① I227

中国版本图书馆 CIP 数据核字 (2016) 第 082667 号

夜行

　著　　者：小　米
　选题策划：马国维
　出版统筹：冯科臣
　特约编辑：黄杏莹
　责任编辑：李　征
　封面设计：小　米
　营销推广：ONEBOOK

北京联合出版公司出版
（北京市西城区德外大街 83 号楼 9 层　100088）
北京文海彩艺印刷有限公司印刷　新华书店经销
字数 35 千字　889 毫米 ×1194 毫米　1/16　7.25 印张　插页 8
2017 年 1 月第 1 版　2017 年 1 月第 1 次印刷
ISBN 978-7-5502-7644-4

定价：45.00 元